AF367011

PAVOS
y
Águilas

marronyazul

PAVOS y Águilas

Peter Lord

Título original: *Turkeys and Eagles*
Autor: Peter Lord
Traducción al castellano: © S.D.R.M. 2024
Edición y maquetación: © S.D.R.M. 2024
Primera impresión: octubre 2014
DEP. LEGAL: AB-384-2014
ISBN: 978-84-617-2200-6

Citas bíblicas traducidas (y algunas veces adaptadas)
de la versión de la Biblia que utilizaba la autora.

MARRONYAZUL®
Apdo. Correos 34
28607 El Álamo
Madrid — (España)
www.marronyazul.com

DEDICATORIA

Prefacio

La versión original de *Pavos y águilas* llegó a nuestras manos allá a mediados de los noventa del siglo pasado y, en cuanto la leímos, reconocimos en el mensaje algo que habría de seguir dando guerra después de haber hecho todas las paces inimaginables. Es un relato universal para niños que quieran ser adultos y adultos que quieran ser niños.

La profundidad de esta fábula la he subestimado en reiteradas ocasiones. Siendo esta la tercera revisión general que ha sufrido, con cada nueva edición nunca he dejado de sentirme como el enano que se enfrenta al gigante por primera vez. El cuento es tan sencillo como profundo y pide a gritos mantener un difícil equilibrio entre la comedia del absurdo y el más hondo de los dramas. Es tan fácil caer en el chascarrillo como en la beatería. Exige cierta «limpieza interior» en tanto tienta a un exceso de rebeldía o pedantería y ambos extremos pueden dañar el mensaje.

Esta última edición del 2024 espero que sea la definitiva. No tengo ganas de enfrentarme a este gigante por cuarta ocasión y espero (ahora sí) que el lustro que le he sacado soporte mejor el paso del tiempo.

El que lea y quiera, intente transmitirlo a la siguiente generación.

Disfrutadlo.

1

Nata había estado preocupada con su nuevo polluelo desde el instante en que había salido del cascarón. Siendo su primer aguilucho, su sorpresa fue mayúscula cuando vio ante sí una criatura tan pequeña y frágil. Estaba tan débil que ni siquiera acertaba a levantar la cabeza. Varias veces le había ofrecido alimento y no se había percatado de su invitación.

Con cariño le echó una ojeada a ese otro huevo que hasta entonces había rehusado romper. Era de color marrón claro con pintas negras, un exquisito ejemplar que se acurrucaba en el nido al lado del nuevo aguilucho, echado entre las hojas y las briznas que enlazaban el nido. Como es sabido, las águilas llaman a su nido aguilera, y la suya consistía de palotes entrelazados y hierba cubierta en la parte externa por un musgo de color verde-grisáceo que le permitía confundirse con la roca gris del despeñadero en el que descansaba.

—Papá está de camino —pensó Nata mientras contemplaba la puesta del sol.

En aquel momento, Ramón planeaba sin esfuerzo por encima de un tupido claro del bosque. Sus alas, que extendidas abarcaban casi dos metros, sostenían con facilidad al temible pájaro en su búsqueda de alimento. Ramón tenía patas robustas, planta poderosa y garras más afiladas que el acero. Su recio pico era casi tan largo como su cabeza. Una batida de sus vigorosas alas lo sostenía y le permitía planear durante casi una hora mientras su aguda visión buscaba comida. Sus plumas de color marrón y tono azabache presentaban una pincelada dorada en la parte de atrás del cuello. Tenía mechones blancos en la base de la cola y en la punta de las alas.

De repente, su ojo prodigioso percibió un movimiento aproximadamente a cuatrocientos metros a su derecha, un movimiento tan leve que hubiera pasado desapercibido para el ojo humano. La presa de Ramón era una pequeña liebre. Planeó girando sobre sí mismo y voló plano durante un instante. Entonces, de repente, abalanzándose en picado a la velocidad de rayo, Ramón enganchó a su sorprendida presa en un susurro silencioso.

Ramón se elevó orgulloso hacia el cielo, sabiendo una vez más que procuraba buen sustento a Nata y a los preciosos aguiluchos de su aguilera.

—Aquí llega la cena —dijo Nata con voz cantarina mientras observaba la silueta de Ramón acercándose desde la distancia.

—¿Por qué sigues preocupada, Nata? —preguntó Ramón, tratando de evitar mostrar su impaciencia al tiempo que dejaba caer la mullida liebre a las patas de Nata. Ramón estaba visiblemente irritado ante la aparente ansiedad que reflejaba su rostro. Antes de que pudiera contestarle, habló de nuevo.

—El pequeñuelo se está fortaleciendo. Mira, ya se mueve más. No te preocupes. Pronto, cuando el otro huevo haya madurado y ambos estén lo bastante fuertes como para poder moverse, ¡daremos una buena fiesta con los amigos para celebrar la llegada de nuestros nuevos aguiluchos!

Nata hacía lo posible para compartir el entusiasmo de su marido. Lo cierto es que, aun siendo sus primeros aguiluchos, Ramón estaba convencido de que se desarrollarían y estarían perfectamente sanos. Así que Nata se propuso no volver a preocuparse por este asunto.

Y así fue; el segundo aguilucho salió de su cascarón justo dos días después del primero. Nata no cabía en sí de emoción al ver a la pareja. ¡Ahora tenía aguilucho y aguilucha! Al muchacho lo llamó Hugo porque era pequeño y frágil. En cambio, la muchacha no era pequeña que digamos, y menos aún frágil. «Volará más alto que ningún águila haya volado jamás», susurró Nata para sí.

—La llamaré Cristina.

Con el transcurrir de los días, los nervios empezaron a aflorar porque se acercaba la fecha señalada. Nata estaba convencida de que los demás llegarían a la conclusión de que sus aguiluchos eran los más bonitos que jamás hubiera visto el ojo de un ave.

El día de la celebración el cielo estaba a rebosar de águilas que se acercaban planeando desde grandes distancias. Nata no podía recordar haber visto previamente tantas águilas en un solo lugar. Le saludaron a ella y a sus dos aguiluchos con increíble entusiasmo. Como es natural, haber incubado a dos criaturas tan hermosas había supuesto para ella un sonado acontecimiento; pero ahora podía comprobar de primera mano que sus dos pequeñuelos habían provocado en la comunidad la misma acalorada celebración que su propio nacimiento. Oportunidades así eran cosa extraña entre las águilas, pues su población se había visto poco a poco reducida en los últimos años. Así pues, este día era de gran gozo, esperanza y festividad. Y, como a menudo sucede en celebraciones de esta índole, todo el mundo se lo estaba pasando en grande.

El jolgorio continuó todo el día. El sol se estaba ya ocultando cuando las águilas empezaron a despedirse. Después de que la última águila se había elevado en lo alto del cielo desapareciendo tras el sol, Ramón miró a Nata con orgullo. Había vivido lo suficiente junto a Ramón como para reconocer el gesto que reflejaba su rostro. Era una mirada de ambición, algo habitual en él.

—Nata, querida, ¿¡no ha sido éste el día más maravilloso de tu vida!? Nuestros amigos se deshacían en cumplidos hacia nuestros preciosos aguiluchos. Es verdad que lo que hemos hecho juntos tú y yo es algo que merece la pena verse. ¡Hemos traído águilas nuevas a este mundo! ¿Hay en la tierra o en los cielos algo más grande que esto?

—¡Para esto fuimos creados! —exclamaba Ramón mientras sus ojos brillaban de entusiasmo.

Aunque Nata había visto a Ramón exaltado con muchas cosas en épocas pasadas, ahora se daba ella cuenta de que esta última frase era el fruto de una nueva y enorme revelación para él, pues no era capaz de recordar haberle visto antes así.

—Tenemos que movernos, Nata, y construir otra aguilera. ¡Lo vamos a hacer otra vez! —exclamó Ramón con una voz llena de una alegría contagiosa—. Renovar esta tierra, que los cielos vuelvan a llenarse de las grandes águilas, ¡esa es la razón de nuestra existencia!

Nata no estaba demasiado convencida de las ideas de Ramón, aunque sabía que siempre tenía buenas intenciones y confiaba en él. Decidieron empezar su nueva obra de inmediato.

Estoy casi seguro de que te costará creerlo cuando te diga que Ramón y Nata se marcharon corriendo a construir una nueva aguilera y que, en tal empresa, abandonaron por completo a sus dos jóvenes aguiluchos. Por supuesto, tenían la intención de regresar para comprobar la buena marcha de sus pequeñuelos, pero construir una aguilera desde cero exige una dedicación absoluta. Efectivamente, tal y como sucede muchas veces en situaciones como esta, Ramón y Nata se olvidaron por completo de sus pequeños cuando empezaron a construir el nuevo nido.

A la mañana siguiente, Hugo se despertó aterido y hambriento. Lo mismo le pasaba a su hermana Cristina. Esperaron pacientemente todo el día que Papá y Mamá regresaran. Pero esa misma tarde ya sabían que tendrían que actuar rápido para sobrevivir si Mamá y Papá no volvían de inmediato.

Mientras Hugo examinaba el cielo, le preguntó a Cristina con cierta ansiedad.

—¿Sugieres algo?

Cristina echó una ojeada encaramado al borde de la aguilera y lo único que sacó en claro es que había sido construida en el filo de una roca a casi mil metros del suelo. Recuerda, Hugo y Cristina solo tenían unas semanas de vida y no sabían nada de volar.

—Con este llevamos tres día solos y sin comida —musitó Cristina con un hilo de voz—. No tenemos más remedio que bajar y buscar algo para comer.

Hugo, con la esperanza de que Cristina *supiera* cómo 'bajar', preguntó.

—¿Y cómo se supone que vamos a llevar a cabo semejante proeza?

—Tenemos que saltar —dijo ella con calma.

Hugo enseguida se apartó del borde del nido.

—¿¡Saltar!? —chilló incrédulo—. Nos mataremos. ¡No estarás hablando en serio!

A Cristina la idea no le hacía más gracia que a su hermano, ¿pero qué otra cosa podían hacer?

—De todas formas vamos a morir —respondió ella.

—Muy bien, pero esperemos un poquito más —apuntó Hugo—. Si Mamá no regresa, *y pronto*, entonces... entonces... tomaremos una decisión.

El resto de la tarde se disipó en la agonía de una decisión que incluía varias opciones. Resultaba obvio para ambos que no tenían alternativa y solo les quedaba arriesgarse a un salto que desafiara a la muerte.

—Si nos quedamos aquí, *seguro* que nos morimos —dijo Cristina dando el asunto por zanjando.

—Y si saltamos, *es probable* que palmemos —fue la humilde respuesta de Hugo.

—Ninguno de los dos podemos hacer absolutamente *nada* hasta que aprendamos a volar —dijo Hugo deslumbrado por un destello de súbita revelación. Abatido por la verdad que encerraban sus propias palabras, retrocedió apesadumbrado.

No obstante, al final los dos aguiluchos se pusieron de acuerdo en que tenían hambre y frío, y que si se quedaban ahí la muerte vendría a visitarlos sin remedio. Así que se arrimaron al borde de su aguilera, cerraron los ojos, aguantaron la respiración y saltaron al vacío.

Enseguida se escucharon dos chillidos que podrían haber helado la sangre del pájaro más curtido, seguidos de un frenético aleteo.

Después, silencio.

2

Hugo estaba seguro de que estaba muerto, pero abrió los ojos solo para asegurarse. Tras palparse brevemente las extremidades, se sorprendió al ver que estaba vivo y de una pieza. Cauteloso, se puso en pie. A pocos metros estaba Cristina, que también trataba de incorporarse.

Cristina miró hacia arriba para ver si podía distinguir la aguilera de la que acababan de saltar, pero era imposible porque estaba oculta ras un saliente. Tras caer de semejante altura, a ninguno de nuestros dos aguiluchos le cabía en la cabeza cómo podía seguir con vida. Por supuesto, parte de la culpa de haber sobrevivido la tenía todo ese batir de alas y el resto se lo debían a la zona en que habían aterrizado, blandita y herbácea.

A Hugo y Cristina solo les llevó un momento recordar por qué habían arriesgado sus vidas en tamaña desventura; sus debilitadas patas y cuerpos temblorosos les decían que estaban al borde de la inanición.

—¿Dónde estamos? —preguntó Cristina con voz apagada.

—Parece la linde de un bosque grande y tupido —replicó Hugo mientras escudriñaba la zona oscura y misteriosa que se extendía a su izquierda.

—¿Buscamos comida ahí adentro? —preguntó Cristina con un susurro.

—No creo que este sea nuestro lugar —presintió Hugo—. Necesitamos estar al aire libre donde podamos sentir el viento.

—¿Y cómo sabes *eso*? —preguntó Cristina con curiosidad. Ella se sentía igual, pero no sabía por qué. Ni Mamá ni Papá les habían enseñado nada de supervivencia. De hecho, sus padres no les habían enseñado *absolutamente nada,* ni siquiera *que eran aguiluchos.*

Hugo no respondió a la pregunta de Cristina. No estaba seguro de por qué no quería adentrarse en el bosque. Sencillamente a él no le parecía bien.

Justo enfrente había una pradera abierta que se desplegaba ante ellos y que parecía extenderse hasta el fin del mundo. ¡Era muchísimo más grande que el nido! Más allá de la pradera, los dos aguiluchos podían ver una inmensa extensión montañosa.

—¿Verdad que son... absolutamente maravillosas? —dijo Hugo mientras contemplaba las montañas, al tiempo que se preguntaba por qué se sentía tan atraído por ellas.

Como ves, hay algo en lo profundo de un águila que de forma natural se ve atraído por las grandes alturas; así es como funcionan las cosas con las águilas. La ancha pradera que se abría ante Hugo y Cristina era tentadora, pero esas enormes montañas parecían literalmente llamarlos a voces.

El momento de ensueño fue interrumpido abruptamente por un sonido proveniente del interior de un bosque cercano. Instintivamente, los dos jóvenes aguiluchos se apresuraron a abrazarse el uno al otro.

—Proviene del bosque —dijo Cristina con voz entrecortada.

—Y se está acercando —añadió Hugo.

En el lindero del bosque empezaron a perfilarse unos pájaros de aspecto extraño.

—¿Es uno de los nuestros? —susurró Hugo.

—No... no lo sé —respondió Cristina.

Lo que los dos jóvenes aguiluchos estaban contemplando era una bandada de pavos no voladores enfrascados en una búsqueda febril de comida.

Es sabido que no es buena idea espantar a los pavos. Echan a volar en desbandada con suma facilidad. Y esto es lo que estuvo a punto de suceder. Al ver a Hugo y Cristina, los pavos empezaron a cacarear frenéticamente y se pusieron a correr en círculos, provocando una huida sin orden ni concierto. Al final todo el mundo acabó perdiendo la cabeza y aterrorizado. Cuando la polvareda se hubo disipado, Hugo miraba hechizado a dos ojos pequeños y brillantes que le escudriñaban intrigados.

—Hola —dijo Hugo a los dos ojos, la extraña cara y el largo cuello huesudo—. Sentimos mucho haberlos asustado. Les escuchamos en el bosque. Ya ven, tratamos de encontrar comida, y caímos de ese nido, y estamos hambrientos, y no sabemos dónde estamos, y...

—No tengas miedo, compañero —interrumpió al momento el grandísimo y viejo pavo que había estado mirando a Hugo.

—¿Será uno de los nuestros? —se preguntó Hugo hacia sus adentros.

Hugo y Cristina observaban a sus nuevos conocidos con suma curiosidad. Este extraño pájaro se estiraba más que ningún otro que hubieran conocido. El cuerpo era ancho y gordo, las patas largas y delgadas. Tenía una cosa que parecía una barba que era tan larga que casi se arrastraba por el suelo. Esta criatura de mirada extravagante tenía la cabeza pelada y una protuberancia le sobresalía justo a la mitad de la frente. Pese a su aspecto, tenía la costumbre de *pavonearse* con unos andares estrafalarios. A lo mejor pertenecía a la misma especie que ellos, un ave-monguer con las alas mal puestas.

—Visto el estado actual de las cosas aquí afuera, toda precaución es poca —bramó el enorme pavo con su irritante pero amistosa voz—. Perdonad el jaleo, nosotros siempre armamos bulla cuando algo nos sobresalta. Y bien, ¿qué es lo que decías que estabais haciendo aquí afuera dos pavos solitarios como vosotros?

—¿Pavos? —exclamó Hugo muy asustado.

—Buscamos comida —respondió Cristina con un hilo de voz.

—Buscando comida, ¿eh? Seréis vosotros el almuerzo si os quedáis aquí afuera mucho tiempo. ¿Dónde está vuestra Mamá y vuestro Papá?

—No lo sabemos —dijo Cristina con tristeza mientras extendía sus pequeñas alitas con estupor.

Hugo pensó por un instante en lo que el pavo acababa de decir y no pudo contenerse.

—Nosotros... ¡¿comida?! —chilló a todo pulmón—. ¿Qué quieres decir con eso? A nosotros no nos come nadie.

El pavo soltó unas sonoras carcajadas. En esta ocasión se dirigió a los otros pavos, invitándolos a que se unieran a él en el gesto. En breve, todos se rieron al unísono como un solo pavo y, todo sea dicho, durante la risotada armaron bastante barullo.

Enseguida el gran pavo se volvió de nuevo hacia Hugo, esta vez mostrando un gesto de pena en su vieja cara delgaducha.

—No es nuestra intención reírnos a vuestra costa, pero parece obvio que no sabéis lo que es un bosque. Siempre debéis estar alerta. Los pavos tenemos muchos enemigos y lo único que quieren es comernos.

Hugo se quedó paralizado al observar cómo los demás pavos asentían mostrando su acuerdo.

—Si queréis podéis uniros a nosotros, pequeñuelos. Estaríamos encantados de teneros con nosotros. Haremos cuanto esté en nuestra mano para cuidaros y educaros en la más exquisita tradición de los pavos para ser pavos sabios, fuertes y orgullosos —dijo solemne el gran pavo como dictando un veredicto—. Me llamo Claudio. ¿Cómo os llamáis vosotros? —preguntó el gran pavo con unos ademanes que intentaban generar la máxima confianza.

—Me llamo Hugo y esta es mi hermana Cristina —dijo Hugo con un estilo muy formal, procurando imitar las sobrias maneras del pavo para estar a la altura de tan magno acontecimiento. No obstante, lo cierto es que por dentro Hugo empezaba a sentirse muy dependiente de este nuevo amigo.

Entonces Claudio se dio media vuelta para presentar a Hugo y Cristina a los otros pavos. Todo el mundo se mostró extremadamente cortés y amigable con Hugo y Cristina, haciéndoles sentir bienvenidos. Una vez acabadas las formalidades, consciente de que sus dos pequeños amigos necesitaban alimento con presteza, Claudio sugirió que toda la compañía continuara buscando víveres.

Así que, pasados pocos minutos, los pequeños aguiluchos ya estaban probando su primer bocado de comida para pavos. Era algo que los pavos denominaban 'bellotas'. Los dos tenían tanta hambre que las bellotas sabían mejor que cualquier otra comida que pudiesen haber soñado. De hecho, esta comida era tan buena que casi estaban seguros de que nunca dejarían de disfrutarla. Al menos sabían que la supervivencia estaba garantizada. ¡Y todo se lo debían a sus *compañeros* recién hallados, los pavos!

¿Verdad que no deja de ser extraño que uno pueda palpar la emoción de ser bienvenido y bien recibido pero nunca sentirse como en casa? Con el pasar de los días, este extraño sentimiento se acrecentaba. Aunque ni Hugo ni Cristina se hubieran jugado el pico por esto, a pesar de ser amados y aceptados seguían echando algo en falta.

Se dieron cuenta de que aquellas bellotas y la manera en que se acometía su búsqueda era una pared insalvable. Hugo a menudo se decía: «Vale, pero así no era como Papá buscaba comida... ¿verdad que no?».

¡Esas bellotas! Sí, es verdad que al principio las bellotas estaban buenísimas. Pero, más tarde, esas cosas empezaron a saber peor con cada nuevo picoteo.

La otra cosa que preocupaba a Hugo era el aspecto de estas aves. Pasaba parte de su escaso tiempo libre mirando a los otros pavitos (o «polluelos de pavo», como se llamaban a sí mismos). Pensaba que a lo mejor su hermana Cristina se parecía un poco a esos otros pavos, y este pensamiento sin duda le inquietaba... porque entonces ¡él también podía parecerse a ellos!

Claudio enseguida empezó a captar la inquietud de los dos nuevos pavos. Sintió gran compasión por ellos. Muchas veces trataba con forasteros y estaba al tanto de sus necesidades. Sabía exactamente cómo corresponder a esas necesidades y estaba casi seguro de que se integrarían en cuanto se sintieran vinculados al grupo. De hecho, tenía razón.

Verás, cuando un águila no es capaz de encontrar su verdadero hogar (da igual cuánto lo busque), terminará yéndose donde se sienta bienvenido. Un águila anhela amor y aceptación, y abrazará a quien la acoja aunque sea un pavo. No importa que no encabecen la lista de las aves que elegirían como compañeras de aventuras. Aceptación es aceptación, y da igual donde tengas que ir para conseguirla.

Un día Claudio hizo señas a Hugo, Cristina y un par de pavos para que se acercaran.

—Hugo y Cristina —dijo Claudio—. Por favor, escuchadme. Nos gustaría que ambos supierais cuánto significa para nosotros que hayáis venido para estar con nosotros. Para nosotros es un privilegio teneros aquí—. Dos pavos que caminaban cerca dando grandes zancadas asintieron con aspavientos.

—Cristina, me honraría ayudarte en la caza —dijo un pavo con actitud voluntariosa.

—Hugo, si te parece bien, yo podría ser tu compañero de fatigas —dijo el otro, que parecía muy ilusionado con la idea.

Esta muestra tan clara y sincera de afecto sorprendió mucho a Hugo y Cristina.

¿Sabes?, casi habían empezado a creer que no eran pavos y que aquí no encajaban ni con calzador. Pero no pudieron hacer otra cosa que responder a esta cálida muestra de aceptación que tan generosamente se les brindaba.

Sintiéndose mejor consigo mismos y tratando de olvidar las diferencias que parecían sentir entre ellos y su nueva familia, Hugo y Cristina volvieron a comprometerse para estrechar los vínculos con sus camaradas pavos. Dicho y hecho, pocos minutos después ya estaban trotando por el bosque con sus nuevos compañeros de caza buscando esa asquerosa comida que todos los pavos comían.

No obstante, había una cosa que aún preocupaba a Hugo y era el hábito que tenían todos los pavos de mirar hacia abajo para buscar alimento. Hugo sentía que su deber era observar su comida desde la distancia y entonces, de alguna manera, abalanzarse sobre ella. No entendía muy bien sus sentimientos, pero tampoco era capaz de entender esta bochornosa manera de procurarse alimento.

«Está claro —musitaba para sí— que no soy un estudiante aventajado en lo que se refiere a la adquisición de viandas. Observaré con más cuidado a ver cómo se hace esto».

Justo entonces, escuchó a Claudio dar gritos diciendo que había encontrado comida. Todos los pavos convergieron bajo un roble gigante donde Claudio estaba en pie orgulloso.

—¡Servíos! —indicó con ademanes de líder nato—. Miradlas. ¡Bellotas! ¡Por todas partes!

«Puaj —pensó Hugo—. Me dan ganas de vomitar. Pensaba que de verdad había encontrado algo nuevo, bueno y sano para comer. ¡Pero si esto es lo de siempre!».

Hugo y Cristina se quedaron muy parados, observando con gesto de incredulidad el entusiasmo con el que los otros pavos daban la bienvenida a aquellas 'sabrosas' bellotas.

Claro está que una bellota es un alimento bastante normal si por casualidad eres un pavo, pero si resultas ser un águila, bueno, la verdad es que no se debería obligar a un águila a comer bellotas (excepto si están muriéndose de hambre, porque entonces se comerán hasta las bellotas para no morirse).

Sin ánimo de contrariar a su nueva familia, Hugo y Cristina respiraron profundamente, se acercaron con andares de pato al roble y empezaron a atiborrarse el buche de bellotas.

Aquellas cosas asquerosas estaban más secas y sosas de lo que uno podría imaginar. Al poco los dos aguiluchos empavados sintieron tales nauseas que no se atrevieron ni a moverse. Estando allí, Hugo casi tuvo la urgencia incontenible de arremeter en vuelo contra el cielo solo para escapar de este empresa nauseabunda conocida como 'reino de los pavos'.

Sin embargo, Hugo se quedó ahí jurándose una y otra vez a sí mismo que sería un *buen pavo* a cualquier precio, aunque esto significara comer bellotas. Todo esto suponía un auténtico dilema para Hugo. ¿Hasta qué punto era un dilema? Pues algo así como si te juraras a ti mismo en un alarde de osadía que vas a desayunarte cada día ¡la comida enlatada de tu gato!

Esto nos puede ilustrar hasta qué punto puede llegar la gente con tal de ser aceptada por los demás, aunque esos otros tengan un llamado y propósito de menor calado.

Hay un hecho que merece ser archivado en la memoria: cuando te parezca que no encajas en ningún lugar, acabarás siempre fondeando donde seas bienvenido. Cuando un 'extraño' perciba que ha sido aceptado 'en el grupo', lo normal es que procure imitar las acciones de sus nuevos 'colegas' para *asumir* su aceptación.

Es cierto: *tú* estás viendo algo que Hugo pasó por alto. Con tal de ser aceptados sometiéndonos a este erróneo concepto de 'aceptación', nos veremos empujados a negar el camino que nuestro instinto abraza con más fuerza. Los otros candidatos parecen sentir lo mismo, ¡así que también cambian de carril para no desentonar!

Una de las mayores necesidades de pavos y águilas —y de otras aves— es que después de haberse llenado el buche aún necesitan algo más: aceptación y seguridad.

Si las águilas no llenan esa necesidad básica en otras águilas, bueno, como puedes ver, ¡un pavo lo hará!

Si no extiendes tu amor hacia otras águilas, es bastante probable que un pavo la encuentre y la ame.

Esa es una de las formas más habituales en que las águilas se convierten en pavos.

3

Los días pasaban y, poco a poco, Hugo y Cristina estaban aprendiendo a ser pavos como Dios manda. Claudio, por su parte, estaba muy orgulloso de sus nuevos alumnos. Aunque había entrenado a muchos pupilos a lo largo de su vida, había algo especial en estos dos sujetos, sobre todo Hugo, que mostraba un fervor fuera de lo común.

Por descontado, Claudio tenía que invertir una enorme cantidad de tiempo enseñando a Hugo el arte de la desgustación de la bellota. Por su parte, Hugo se esforzaba al máximo para desarrollar el gusto por esas cosas repugnantes. A veces incluso le daba la sensación de que estaba empezando a disfrutarlas. Pero debemos ser honestos y mencionar un rumor que decía que quizás, solo quizás, Hugo era tan estudioso porque simplemente quería agradar a Claudio.

Aparte de las bellotas, Hugo y Cristina acudían a clases para empoderar sus habilidades de escarbo. Se apañaban bastante bien, pero mirar hacia abajo y agacharse les parecía monstruosamente antinatural a ambos, mención aparte del dolor muscular que aquello les provocaba.

Había una cosa que traía directamente de cabeza a Claudio, y es que tenía que enseñar a estos dos jóvenes pavos a tener miedo e incluso a esconderse de sus enemigos. El cuadro era desconcertante, pues todos los pavos de forma natural tenían miedo... de casi todo; en cambio, estos dos no parecían tenerle miedo a nada. Al menos, al principio no. Pero hay que decir que estudiaban duro y todo indicaba que, poco a poco, estaban aprendiendo a tener miedo.

Hugo y Cristina acudían a clases de escarbo, picoteo y canto para mejorar la voz. Debemos añadir que tampoco daba la impresión que estos dos pavos hubieran gorgoteado anteriormente. De hecho, Claudio tenía que dedicar la mayor parte de su tiempo lectivo a los gorgoteos. Y, para colmo de males, el ocasional piar de estos dos pavos era la cosa más espeluznante que había tenido oportunidad de escuchar en toda su vida. Le provocaba un escalofrío que se propagaba desde la espina dorsal hasta la carúncula. Era un chillido con fuertes reminiscencias de gozo y libertad. Con las plumas erizadas, Claudio esperaba que pronto se olvidaran de emitir este horrible sonido.

Fuera como fuere, los dos aguiluchos trabajaban diligentes para ser pavos y Claudio insistía en que los tutores de ambos debían permanecer a su lado día y noche para que nunca pudieran olvidar actuar como verdaderos pavos siquiera un instante.

Hugo aprendía bien. Sin embargo, su frustración y su progreso crecían a la par cada día que pasaba.

Había una pregunta que empezaba a roerlo por dentro: «¿Por qué tengo que ser el único pavo de este mundo con problemas para ser pavo?». Su conclusión era obvia. «¡Soy lo peor, el pavo más ruin que haya existido!».

Es un problema muy complicado, ¿verdad? Cuando eres un pavo, es muy fácil y natural actuar como un pavo. Pero resulta extremadamente difícil ser un pavo si eres un águila. Por mucho que lo intentes, acabas siempre sintiéndote como un barco a la deriva.

Quizás sea triste de contar, pero Hugo y Cristina por fin habían sido *pavonizados* y se seguían sintiendo como piedras hundidas en el fango. Me pregunto si esto le ha sucedido a alguien más.

4

Una mañana, mientras Hugo se escurría entre los árboles junto a su bandada de camaradas pavos, atisbó en la distancia una pava sentada entre la hierba alta. De hecho, parecía como si se estuviera escondiendo del resto de pavos. Hugo no pudo darse el lujo de ignorar una escena tan insólita y curiosa como esta y puso rumbo hacia la señora pava.

Bernardo, un pavo respetado y admirado que a menudo actuaba como una especie de pastor para la bandada, observó la maniobra. Haciendo memoria de las dificultades de Hugo para desempeñar su papel de pavo, Bernardo graznó:

—¡Hugo! ¡Espera!

Hugo se detuvo y giró la cabeza. Era la primera vez que Bernardo se dirigía a él.

Bernardo era un pavo inmenso, así que cuando alcanzó a Hugo estaba casi sin resuello.

—He querido... pasar algún... (Bernardo se agachó para coger aire) tiempo... contigo. Vamos por aquí y hablemos un rato. —Bernardo cambió de dirección para alejarse de la señora pava.

Al principio, Hugo se opuso un poco, pero después se dio media vuelta y, titubeante, acompañó a Bernardo. Luego Hugo preguntó:

—Pero ¿por qué se oculta la señora pava en la hierba?

Bernardo soltó una risita ahogada y contestó:

—Está sentada sobre su nido. ¡Lo esconde de nuestros enemigos! —El enorme pavo se relajó un poco, percatándose de que

Hugo solo tenía curiosidad y no estaba tratando de huir del reino de los pavos.

Hugo preguntó asombrado:

—¿Está sentada en el nido?

—Así es. Está incubando sus huevos. No pasará mucho tiempo para que tengamos nuevos pavos paseando entre nosotros —dijo Bernardo con aires amables y ostentosos.

—Pero ¿y qué hace su nido en el suelo? —insistió Hugo.

—¿Qué quieres decir? —preguntó Bernardo con una voz que delataba su perplejidad—. ¿Dónde piensas que debería estar el nido?

—Mi hermana y yo nacimos *arriba...* —dijo Hugo con vacilación. El simple hecho de pronunciar esa palabra le daba ganas de cantar—. Nacimos... ajenos a todo esto.

El recuerdo de la aguilera parecía tan remoto que, por un instante, se preguntó si solo había sido un sueño. A lo mejor (pensaba él) *había* nacido en el suelo. A lo mejor no dejaba de ser un pavo enano y confundido que necesitaba esforzarse un poco más para conseguir ser un pavo.

Esto, como es obvio, fue exactamente lo que Claudio y otros pavos le habían estado contando. Hugo por fin sabía que tenía que dejar de alimentar esas extrañas ideas que le brotaban de tan adentro. Tenía que renunciar a todo y, simplemente, actuar como el pavo que era.

Bernardo miró a Hugo directamente a los ojos. Era de color parduzco; la barba le llegaba hasta el suelo. Lo que más le impresionaba a Hugo era el tamaño de Bernardo. Es cosa sabida entre pavos que, cuanto más gordo seas, mayor admiración despertarás en tus colegas de la pavada. Te consideran más sabio y más alineado con los dictámenes de un vetusto (y muy reverenciado) pavo de nombre Sacretoes. Sacretoes fue conocido por ser el pavo más grande y sabio en toda la historia del reino de los pavos.

«Vaya, Bernardo sí que es grande —pensó Hugo—. Cuando lo tengo delante, su silueta es capaz de tapar la vista de todo lo demás».

—Hugo, chiquillo —empezó a decir Bernardo con mucha calma—, creo que es el momento de decirte de dónde vienes. Quería esperar hasta que fueras mucho más mayor antes de hablar contigo, pero después de observar tus esfuerzos durante semanas creo que es hora de que lo sepas.

—¿Qué quieres decir? —dijo Hugo dando un respingo mientras el corazón se le encogía intentando hablar.

Bernardo dudó por un segundo.

—Todos nosotros, los pavos, hemos aprendido a aceptar nuestro lugar en la vida. Todos tenemos problemas, pero vosotros, Hugo..., me temo que vosotros lo vais a tener mucho peor.

Ya no podía seguir mirando a Bernardo. Por primera vez en su vida, Hugo dejó caer sus orgullosas alas al suelo.

—Verás —dijo Bernardo en tono compasivo—, parece ser que habéis salido de un *huevo de buitre*.

Bernardo hizo una pausa para dejar que esta terrible confidencia hiciera su trabajo.

Hugo se quedó pitidifuso.

—Hugo, seguro que os habéis percatado de vuestra diferencia física con todos nosotros. Tú y tu hermana provenís de un nido de desdichados buitres carroñeros. —Volvió a hacer una pausa y esperó hasta que su mirada se cruzara con la de Hugo.

»Mírame —dijo con tono autoritario—. ¡No podemos hacer nada con vuestro pico de garfio y vuestras patas enanas, no se puede hacer nada con los desdichados buitres carroñeros! Pero podemos ofreceros un nuevo corazón. ¡Un corazón de pavo!

A Hugo no le sorprendieron las palabras de Bernardo. Desde el momento en que se había encontrado con los pavos sabía que no encajaba. Pero el corazón se le rompía por momentos al tomar profunda conciencia de la terrible verdad: «Soy un buitre. Hugo es un buitre. Un repelente buitre carroñero, vulgar y miserable».

(Bueno, *toda ave* sabe que el buitre es el pájaro más desagradable que existe. Así que seguro que puedes imaginarte cómo se sentía Hugo. ¿Te gustaría que te dijeran que eres un pobre buitre carroñero horrible y miserable?)

—¿Qué puedo hacer? —preguntó Hugo rogando clemencia.

—Primero tienes que darte cuenta (y aceptar) que eres un buitre carroñero extraviado, miserable, desdichado e infeliz, ¡y que los pavos te han salvado!

»En segundo lugar, es perfectamente normal que luches contra tu *buitrez* todos los días. Esta va a ser la tónica general el resto de tu vida. Por descontado, la lucha será terrible. Y habrá que perseverar y enfrentar esta cruda realidad cada día: eres un desdichado buitre carroñero. Acéptalo como algo normal en tu día a día. No lo olvides. Pero nunca dejes que esto te deprima. No permitas que te venza. ¡Lucha! ¡Pelea! ¡Ve a por todas!

—No quiero ser un buitre. ¿Cómo me hago un pavo? —dijo Hugo entre sollozos.

—Hugo, ya *eres* un pavo. Estás a salvo del *reino del buitre*. Pero nunca olvides tu lado oscuro y tenebroso. Puede que actúes como buitre y ni siquiera te des cuenta. Siempre mantente alerta por si esta parte tuya intenta salir a flote. Dedícate en cuerpo y alma a luchar contra la *buitrez* que acecha en ti. Y cuando fracases —y vas a fracasar a menudo—, ¡entonces vuelve otra vez al punto de partida!

La vista se le empezaba a nublar a Hugo. Las patas se le doblaban. ¿Cómo podría vivir soportando una verdad tan terrible, en un estado tan miserable, arrastrando un peso tan grande?

El corazón de Bernardo se inundaba de compasión al ver cómo este terrible descubrimiento hacía mella en el corazón del desdichado Hugo. Retomó la palabra con parsimonia y tono paternal.

—Ay, Hugo, no permitas que estos hechos te desanimen. Tienes que seguir en la brecha, luchando. Y te voy a decir algo que te va a animar: el resto de pavos del ancho mundo está de vuestra parte. Me atreveré a decir más; te vamos vamos a enseñar los dictados de Sacretoes. Sobre todo, que no se te olvide esto: *¡Una vez pavo, pavo para toda la vida!*

5

Meses habían pasado desde aquel fatídico día en que Hugo y Cristina se habían precipitado desde su aguilera y cayeron a tierra siendo adoptados por una bandada de pavos. A Hugo le seguía costando un triunfo asimilar la vida de pavo. En cambio, su hermana parecía que se había adaptado a su papel muchísimo mejor. Al ser consciente de ello, el sentimiento de culpa y fracaso se agudizaba por momentos. Mientras tanto, Bernardo le había sugerido a Claudio que los dos «raritos» no pasaran mucho tiempo juntos, pues aquello solo servía para empeorar su relación con las «sagradas constumbres de la orbe del pavo».

Dicho y hecho, a Hugo y Cristina los separaron y a duras penas volvieron a verse desde entonces. Al contrario que Hugo, Cristina no hacía tantas preguntas como antaño. Es más, se había disciplinado para no contorsionar la cara ni gesticular las nauseas cuando ingería bellotas. Y aunque hacer esto le otorgaba un aspecto un tanto peculiar, había conseguido aprender a caminar, más o menos, como cualquier pavo. Imitaba dignamente los andares de pavo ahuecando las plumas al máximo y estirando el cuello tanto como le era posible.

Viendo el éxito de Cristina, Hugo había sucumbido a un estado de profunda desesperanza. Una tarde, arrastrándose tras una cuadrilla de pavos, Hugo avistó en la distancia a otra bandada de pavos que se acercaban lentamente hacia ellos. Ninguna de las bandadas había advertido la presencia de la otra. Solo la aguda visión de Hugo había conseguido detectar la presencia de los otros pavos.

Se había percatado de que estos pavos no buscaban la comida por el suelo. En vez de eso, picoteaban y estiraban de las ramas.

¡Estos pavos comían bayas y frutos silvestres de los arbustos!

Hugo estaba asombrado. Solo podía recordar haber visto en dos o tres ocasiones anteriores a uno de sus camaradas pavos comiendo una baya, y esto únicamente cuando la baya había caído al suelo. ¡Pero esta bandada de pavos arrancaba las bayas directamente del arbusto! «¡Menuda idea tan novedosa!», pensó.

Hugo buscó deprisa a Claudio.

—Claudio, mira, allí, ¡más pavos! ¡Y vienen hacia aquí! Y están comiendo...

—¡¿Dónde?! —exclamó Claudio con voz de alarma. Enseguida hizo una señal de peligro al resto de pavos—. No veo más pavos —insistió con nerviosismo.

Hugo y Cristina se dieron cuenta de que *ninguno* de sus compañeros pavos parecía tener la capacidad de ver con tanta nitidez ni a tanta distancia como ellos.

(¿Y cómo es esto posible? ¿No dicen que los pavos también poseen una visión extraordinaria? Es verdad que la tienen, pero resulta que, tras pasarse tanto tiempo enfocados en lo *estrecho,* ahora solo ven lo que se han acostumbrado a ver. Evitan mirar por encima de ellos, como si las alturas les asustaran. Es una lástima porque lo que permite que la auténtica visión se desarrolle es mirar a lo alto y lejano).

Cuando, por fin, los otros pavos se encontraban a tiro de piedra, Claudio los avistó.

—Quedaos detrás de mí y dejad que yo me encargue de esto —sentenció Claudio muy seguro de sí mismo—. Y que nadie se desvíe hacia esos otros pavos.

Claudio empezó a caminar despacio hacia la otra bandada picoteando en el suelo a medida que se acercaba, *disimulando* que no los había visto. En cuanto vieron a Claudio, los otros pavos entraron en pánico. En su intento de retomar la compostura tan pronto como fuera posible, trataron de contratacar con un rápido pavoneo. Pero Claudio ya les había ganado por la mano desplegando un arrogante pavoneo y dejándolos planchados. Enseguida Bernardo y el resto de pavos más ancianos hicieron lo mismo. Cristina imitaba, jugando a este juego lo mejor que podía. Hugo se limitó a observar.

A Hugo le parecía que se estaba desarrollando ante él una especie de concurso. Sea cual fuere el concurso, su bandada había ganado porque se había preparado de antemano. La otra bandada consiguió mantener la cabeza erguida mientras pasaban de largo, pero, apoyado en su agudeza visual, Hugo pudo ver que la dejaban caer en cuanto estuvieron fuera del rango de la visión de pavo.

Hugo se quedó allí plantado, de pie, esperando a que todos los pavos se marcharan. Pensando en lo que acababa de contemplar, le embargó una profunda tristeza. Toda la escena le pareció repulsiva; había algo en su naturaleza que se rebelaba ante cosas como esta.

Fue en este momento que Hugo obedeció a un profundo instinto que se revolvía en sus entrañas. En franca oposición a todas las instrucciones que había recibido y promesas que había hecho, Hugo alzó los ojos al cielo. Entre los árboles sobre su cabeza podía ver claramente un parche de azul. Durante un segundo, sintió el deseo de estar de vuelta en su aguilera, allá, muy por encima de los árboles. Es entonces que un viejo y lejano recuerdo se hizo eco arrastrándose en su memoria. Se acordó de su Mamá y su Papá. Recordaba que Papá era muy fuerte, que tenía largas y poderosas alas que lo elevaban a los cielos y que surcaba el aire con grandeza. Recordaba que Papá se adentraba en el cielo y traía carne. Una vez más, se preguntaba por qué tenía que comer aquellas bellotas infernales. Hugo se quedó extasiado mientras observaba sus propias alas extendidas. Aunque todavía era un águila joven, su envergadura superaba la de cualquiera de los pavos. Las examinó durante un buen rato. Le recordaban a las alas de su Papá, con la salvedad de que él nunca había usado sus propias alas. Se preguntaba por qué tenía él unas alas tan poderosas y luego llegó a la conclusión de que algo tendría que ver con el hecho de ser un desgraciado buitre carroñero, muy inútil, desagradable y apestoso.

El crujir de unas hojas sacó a Hugo de sus pensamientos.

—¿Te encuentras bien, camarada? —graznó Claudio.

Hugo se volvió hacia él mientras Claudio arrastraba su enorme cuerpo hacia Hugo.

—Sí. Solo estaba recordando a mi Papá y mi Mamá. Dime, Claudio. ¿Quiénes eran esos pavos? —indagó Hugo—. ¿Y por qué no hablamos con ellos? Eran hermanos nuestros, ¿no? ¿Y a qué venía ese extraño pavoneo y andares de superioridad?

—Son los Silvestres —contestó Claudio, casi como si supusieran una amenaza—. Dicen ser los descendientes directos de Sacretoes. Creen que son los únicos pavos verdaderos. —Alzando las plumas traseras en señal de disgusto, añadió—: Nos ven como pavos *de segunda categoría*.

—¿De verdad creen que no sois verdaderos pavos? —respondió Hugo dibujando un gesto de pura incredulidad.

—Pues sí. Creen que siempre tendríamos que comer frutos silvestres y nunca comer bellotas. Y no solo eso, insisten en que tenemos que comer los frutos directamente de la mata y nunca del suelo. En caso contrario, no puedes considerarte un verdadero pavo.

Antes de que Hugo pudiera preguntar nada más, Claudio volvió a hablar.

—Como es natural, es un disparate exigir que comamos la fruta del arbusto para demostrar que somos pavos verdaderos—. Claudio se enderezó todo lo que pudo y, lentamente, desplegó en abanico todas las plumas—. Todo lo que uno tiene que hacer es mirar a cualquiera de nosotros y estará mirando a un verdadero pavo. Y yo diría más: las bellotas, y solo las bellotas, son la comida de los pavos. ¡Ya lo dijo Sacretoes!

—Pero en *algún* momento habéis comido bayas, ¿no es así?

—Ah, por supuesto... —Claudio deslizó sus largos, delgados y puntiagudos dedos sobre las hojas—. De hecho, hay veces que me encanta saborear una baya. Pero...

—¿Has arrancado alguna vez una baya directamente de la mata? —volvió a preguntar Hugo precipitadamente.

A Claudio se le erizaron algunas plumas. Era bastante obvio que le resultaba bastante molesto verse involucrado en una conversación de esta naturaleza.

—No. En esas raras ocasiones en que los verdaderos pavos comen bayas, éstas deben comerse del suelo. No es bueno que un pavo coma bayas antes de que maduren —respondió Claudio con el tono inconfundible de un correctivo.

Hugo no entendía por qué los Silvestres pensaban que la bandada de Claudio no estaba compuesta de verdaderos pavos.

Después de todo, se parecían una barbaridad al resto de pavos. ¿Cómo era posible que el hecho de arrancar bayas de una mata (o, dicho sea de paso, comer o no bellotas) pudiera determinar si eras un auténtico pavo?

Mientras Claudio y Hugo volvían sobre sus pasos para unirse al resto de la bandada, Hugo meditaba sobre toda la controversia que acababa de mantener. Una cosa era cierta, a la primera de cambio (y cuando nadie mirara) iba a intentarlo con las bayas tanto del seto como del suelo.

«Calma —pensó para sí Hugo—, ¡estoy muy contento (y soy muy afortunado) de ser miembro de pleno derecho de este linaje de pavos!».

Según parece, hace tiempo los pavos se dividieron en muchas bandadas diferentes. El porqué nadie lo sabía con certeza. No obstante, cada bandada fomentaba sus propias prioridades y sostenía firmemente que solo ellos eran los verdaderos pavos y que nunca debían asociarse con nadie más.

Has de saber que cada una de esas bandadas se denomina pavada. Nadie sabe en realidad cuántas pavadas hay, pero hay una cosa segura: hay más de las que uno jamás sería capaz de imaginar. Una de las razones por las que Claudio había acogido a estas aves de silueta tan peculiar e ideas tan extravagantes (Hugo y su hermana Cristina) era para incrementar el número de miembros de *su* bandada, la única y verdadera bandada, la que tenía el honor de denominarse *La Bellotera*.

Así que Hugo se estaba familiarizando cada vez más y más con el feudo de los pavos. De hecho, en este punto concreto daba la sensación de estar más cerca que nunca de empavarse por completo.

6

Ya estaba anocheciendo el día después del encuentro con los Silvestres cuando Hugo tuvo su primera oportunidad de hablar con Cristina a solas. Había convencido a su tutor, Antonio, de que se quedaría cerca de su palo por la noche y practicaría sus lecciones de entonación. Como Cristina se había empavado tan bien, su tutor ya no estaba con ella todo el tiempo.

Cuando se dio cuenta de que era la primera vez que estaban a solas después de meses, Hugo alzó sus alas sobre su hermana mayor y la abrazó.

—Cristina, estoy tan orgulloso de ti. Te va todo tan bien. Por favor, dime, Cristina. ¿Cuál es el secreto para vivir la vida del pavo?

—Ay, Hugo —replicó Cristina con mucha comprensión y compasión—; tienes que practicar. Nunca te veo practicar. Te haces pavo cuando actúas como un pavo.

Ahora bien, a Cristina le entusiasmaba su propia comedia de pavo tanto como a Hugo, pero no se lo iba a dejar saber. «A lo mejor (pensaba ella), si él cree que lo estoy haciendo bien, quizás sea verdad».

Cristina prosiguió.

—Lo único que tienes que hacer es concentrarte en ello, Hugo. Después de cierto tiempo, empieza a ser como una segunda naturaleza. Tienes que esforzarte mucho, mucho, mucho. Hay que ejecer al máximo la fuerza de voluntad, pero se puede hacer. Hugo, hay un secreto que yo he aprendido. Es la llave que abre todas las puertas: es difícil ser pavo y sumamente fácil ser buitre. Vivir una buena vida de pavo consume hasta la última gota de energía.

Hugo se quedó en silencio durante unos instantes y luego farfulló:

—Lo he intentado. Lo he intentado con todas, todas mis fuerzas. A veces lo consigo. Pero después resulta que siempre fracaso. Y ahora tengo un problema aún mayor. Oh, Cristina, ¿qué puedes hacer cuando por dentro no tienes ganas ningunas de ser pavo?

Cristina no podía permitir que afloraran sus sentimientos personales ante a esa pregunta. Contestó rápidamente:

—¡Se supone que debes quererlo! ¡Tendrías que dejar que Bernardo te ayudara si notas que estás volviendo a las *buitreces*!

Hugo se quedó pasmado.

—¿Quién te ha dicho que somos buitres? Bernardo me lo dijo a mí, pero no sabía que a ti también te lo habían dicho.

—Mi tutor me lo ha contado todo sobre los buitres. Todo el mundo sabe lo que pasa con ellos. —Cristina hizo una breve pausa como si tratara de escoger las palabras oportunas para su próxima intervención.

»Hugo, ¿es que no lo ves? Eso explica por qué Mamá y Papá nos abandonaron. Solo son unos buitres. Y tú y yo somos... somos... los archiconocidos buitres carroñeros, esas criaturas desgraciadas y repugnantes que todos conocemos tan bien.

Hugo procuró una vez más hacer acopio de gratitud hacia los queridos pavos por haberle salvado a él y su hermana. (Lo cierto es que, después de todo este tiempo, estaba ya cansado de estar agradecido por haber sido rescatado de los sucios buitres carroñeros. En la vida de pavo tenía que haber algún otro aliciente aparte de evitar ser un buitre.)

Cristina continuó:

—Tienes que esforzarte más, y después mucho más, para vivir la vida del pavo. Y haz menos preguntas, Hugo. Ahora déjame compartir contigo otro secreto: cuanto más te esfuerces para ser pavo, menos tentado te verás a ser buitre.

Cristina se empezaba a sentir orgullosa de recordar tantas cosas que le habían enseñado, aunque, hasta ese momento, no parecía que le hubieran funcionado demasiado bien que digamos.

—Entonces, ¿cómo debería invertir mi tiempo, hermana? Soy un fracaso tan grande como pavo… —gimió Hugo.

—Hugo, debes entender que por dentro eres un buitre. A los sucios, inútiles e inmundos buitres carroñeros les cuesta horrores amoldarse a las obligaciones del pavo. De hecho, si de verdad somos honestos, solo unos pocos de nosotros, buitres miserables y nauseabundos, alcanzamos la *pavonización* completa. Contentos deberíamos estar de que los pavos nos hayan aceptado.

Hugo asintió con su cabeza, suspiró, y se marchó medio arrastrándose.

7

Nada más levantarse a la mañana siguiente, Hugo enseguida se aplicó a sus estudios. Como ya hiciera en el pasado, se dedicó en cuerpo y alma a educarse para ser un buen pavo. Hugo estaba tan decidido que incluso le dijo a Antonio que quería dedicar toda la mañana a las clases de empavamiento.

Durante casi una hora, Hugo se concentró concenciudamente para conseguir un solo gorgoteo decente. Se sintió realmente orgulloso de sí mismo cuando dos jóvenes pavitas que estaban de paseo por los alrededores se volvieron hacia él en su reclamo. Era el mejor que había emitido. Sin embargo, era muy difícil sonar igual que un pavo y, al contrario que su tutor, no estaba convencido de que fuera un éxito rotundo.

A continuación, Hugo probó fortuna con sus habilidades de pájaro-recolector. Parecía fácil, pero Hugo era incapaz de coordinar una pata para sustentarse y otra para escarbar. A cada intentona acababa por los suelos. No obstante, transcurrida casi una hora de prueba y error, pudo apañárselas para rascar el suelo una o dos veces antes de acabar patas arriba.

Luego vino el pavoneo. El pavoneo no era cosa fácil para Hugo porque no estaba tan gordo como los pavos. Hacía un ridículo espantoso y el asunto no mejoraba por mucho que practicara. En una o dos ocasiones, trató de recuperar el equilibrio extendiendo las alas, pero esto provocó una reprimenda inmediata por parte de su tutor.

—Tienes que pavonearte y escarbar sin la ayuda de tus alas —le recordaba.

A mediodía, Hugo estaba enfadadísimo. Y, además, ¡estaba deprimido por estar irascible! Aunque la mañana había empezado de forma muy positiva, ahora reinaba la más absoluta desilusión. Sencillamente, no podía vivir la vida de pavo. «¡Ay! ¿Puede saberse por qué no puedo vivir una vida de pavo?», se preguntaba.

Más tarde ese mismo día, Hugo se unió al resto de la bandada para buscar bellotas. Lo hizo como con ganas de revancha por el hambre que tenía después de esforzarse tanto en sus clases. Al aproximarse la bandada a un claro del bosque, la mayoría de los pavos seguía de cerca los pasos de Claudio, que andaba a lo largo del perímetro de la pradera para no exponerse al aire libre.

Acosado por un sentimiento de furia y rebelión por razón de sus frustraciones matinales, Hugo se encaminó directo a campo abierto. En un instante se dio cuenta de que, más allá de la pradera, se elevaba una colina de hierba donde el bosque volvía a empezar y, más allá, se erguía una alta y noble montaña cubierta de nieve. Cuando vio la montaña le dio un vuelco el corazón. Algo en lo profundo de él se conmovió y no encontró forma de reprimir la emoción.

De repente, su aguda vista captó algo más. Muy por encima de él volaba algún tipo de pájaro majestuoso. Esta visión le trajo vagos recuerdos de su Papá cuando volaba. «¡A lo mejor es Papá que me busca!». Solo pensar en ello le llenaba de energía, como si un rayo recorriera su cuerpo. Mientras observaba hipnotizado, observó que había más de uno. Lo único que Hugo deseaba era extender sus alas para intentar volar hasta allí y unirse a ellos.

Quizás puedas sacar al águila del cielo, pero no puedes sacar al cielo del águila. Cuando su creador la hizo, puso el cielo dentro de ella y no se le puede borrar.

En ese mismo instante, Claudio rugió con voz de alarma.

—¡Hugo, no! ¡No! ¡No mires! ¡Esos de ahí son buitres!

Hugo vaciló.

—No quieres volver con los buitres, ¿verdad?

Hugo replicó enseguida con tono lastimero:

—No, no quiero ser un buitre.

«¿Qué voy a hacer?», pensó Hugo. «Me esfuerzo tanto, practico la vida del pavo con tanto esmero... y, sin embargo, vuelvo a mis costumbres de buitre».

El resto del día Hugo se quedó rezagado tras el resto del grupo, con la cabeza encorvada rozando el suelo. Al anochecer, se apoyó contra un viejo roble y dejó hasta la última pluma.

—¡En la vida tiene que haber más que esto! —dijo en voz alta, sin saber que alguien había estado observando y que ahora estaba escuchando.

Resultó que en el árbol justo encima de Hugo vivía un búho muy servicial. En concreto, el nombre de este búho era Bramante y, según decían, era el búho más sabio de todos los que residían en el bosque.

—¿Quieeeen eeeeres tuuuuuuu? —preguntó Bramante con curiosidad.

Hugo, cansado y frustrado, contestó con una voz que infundía bastante lástima:

—Soy un pequeño pavo muy desanimado. Estoy harto de la vida—. La verdad es que era el retrato mismo de la desesperación.

Bramante se asomó para mirar a Hugo más de cerca. Su rostro se entristeció ante la lamentable vista que se le ofrecía. «¿Pavo?», se dijo Bramante meditabundo para sus adentros.

—¿Cómo te llamas? —preguntó Bramante con la curiosidad por las nubes.

—Me llamo Hugo. ¿Y tú? —Hugo aún no se había levantado para mirar a su nuevo camarada.

—Soy Bramante, el búho —dijo, y luego añadió—: eres el pavo más original que haya visto jamás. ¿Quién te ha dicho que eres un pavo?

Enseguida Hugo se puso a la defensiva.

—Soy un pavo muy pavo. Soy de los Belloteros, de la pavada de Claudio. Mi hermana y yo nos unimos a ellos hace unos meses. ¡*No* soy un buitre!

—¡Vale! ¡Vale! —rogó la lechuza—. Puedes ser un pavo si eso es lo que te gusta. Solo preguntaba que *quién* te dijo que eras un pavo.

Por primera vez, Hugo miró a Bramante.

—Esto te lo digo solo a ti —siguió diciendo Bramante—. Eres un pájaro. Pero a mí no me pareces un pavo *ni* un buitre. Hugo, ¿de verdad crees que todas las aves tienen que ser pavos o buitres?

—Bueno —dijo Hugo pensativo— nunca había oído hablar de ningún otro tipo de pájaro. ¿Tú sí?

—Yo no soy un pavo —respondió el búho viejo y sabio—. Tampoco viajo con los pavos, he de añadir. Es más, cuando viajo, prefiero ir volando.

Bramante ya había tomado la decisión de que sería del todo sincero con Hugo solo si veía que Hugo tenía muchas ganas de saber. Bramante sabía bien que Hugo era un águila, pero Hugo solo estaría dispuesto a reconocer ese hecho cuando estuviera realmente desesperado. De lo contrario, Hugo regresaría con los pavos.

—¿Tú vuelas? —preguntó Hugo, cauto y escéptico. Sentía que no podía permitirse sufrir más desengaños.

—Sí, y veo que tú también tienes unas alas grandes y fuertes. A lo mejor hasta tú puedes volar. ¿Crees que eso entraría dentro de lo posible?

Bramante estaba probando a Hugo.

Hugo despegó su espalda del tronco. La idea de volar parecía muy seductora, pero sabía que no tendría la aprobación de su pavada.

—No, no puedo volar —respondió Hugo con un tono de voz de abatimiento total—. Sabes, Bramante, por ahí aletean buitres. ¿No tienes miedo de que por volar te pudieras convertir en un indeseable buitre carroñero desgraciado e inútil?

—Sólo los pavos tienen miedo de cosa semejante. ¿Por qué tienes miedo?

Antes de que Hugo pudiera responder o siquiera pensar, Bramante habló una vez más.

—Amigo mío, te han enseñado a tener miedo. Te han *enseñado* a vivir escondiéndote. No deberías prestar atención a cosas como esa. ¿De verdad que quieres vivir siendo una criatura tan vulgar?

Hugo empezó a sollozar. Su único pensamiento era, «no quiero ser un pavo, pero es que *me niego* a ser un sucio buitre carroñero».

Bramante quería decir más, pero decidió esperar a que Hugo estuviera preparado.

—El buitre no es la única ave del cielo. Hay otra... y vuela más alto. Tendrías que ver a un águila volar, Hugo.

—Tendrías que ver a un águila volar —dijo otra vez suavemente.

Bramante extendió sus alas y dio un brinco a una rama colgante inferior. Cuando Hugo miró hacia arriba para hacerse con el rostro de Bramante, el búho se había ido.

Hugo se sentía morir por no volar tras él, pero tenía miedo. No estaba seguro de qué tenía miedo, pero aquello le impedía volar.

8

A Hugo se le notaba más inquieto que nunca. De vez en cuando tenía un «buen» día, pero no podía quitarse de la cabeza las palabras de la lechuza. Sentía como si algo dentro de él quisiera liberarse. No sabía qué era, pero el búho lo había despertado y fortalecido.

Se preguntaba si alguno de los pavos sabía algo de Bramante. No había que descartar que Bramante no fuera más que un viejo búho chiflado que decía estupideces.

Al mediodía, mientras su pavada se movía por el bosque en busca de bellotas, Hugo se las apañó para acercarse a Cristina.

—Cristina, ¿habías oído hablar de Bramante, el búho? —le susurró en el oído.

—Sí, Felda me contó algunas historias acerca de él —contestó Cristina.

Mientras hablaban no dejaban de andar.

—Bueno, ¿y qué te contó? —dijo Hugo sacando a relucir su impaciencia.

—¿Por qué quieres saberlo? —preguntó Cristina con ciertas dudas. Se imaginaba que Hugo iba a volver a las andadas—. ¿Has hablado con él?

—Le vi una vez. Quiero saber lo que piensan los pavos de él.

Cristina se sobresaltó.

—Lo dices en un tono como si ya no fueras un pavo.— Se podía percibir indignación en su voz.

—Cristina, ahora mismo no sé lo que soy. Pero me he propuesto saberlo. Ahora, por favor, háblame acerca de Bramante.

—Hugo, aléjate de él. Dice mentiras sobre los pavos. Dice que acogemos a las aves y después les robamos el corazón. No debes hacerle caso, Hugo.

—Escúchame, Cristina. Dice que el buitre no es el único pájaro del cielo. Hay otro que vuela incluso más alto. Se llama águila. —Hizo una leve pausa y luego dijo—: Ojalá fuera yo un águila.

—¡Menuda tontería, Hugo! —exclamó Cristina con incredulidad—. No olvides que eres un buitre. Los pavos te adoptaron y te hicieron uno de ellos. Solo los buitres vuelan alto en el cielo. Esperan a caer sobre sus víctimas. Esa es la única razón por la que vuelan. No pierdas tu enfoque.

A paso de gallina lánguida, Hugo se alejó desanimado de su hermana. Sabía que ya no podía hablar más con ella ni con ninguno de los pavos acerca de sus verdaderos sentimientos. Una vez más se sintió absolutamente solo.

Algunos días después, antes de que el sol se pusiera, Hugo y Antonio estaban buscando bellotas juntos cuando Hugo avistó a mucha distancia a otros tres pavos. No eran de su pavada. Dio por sentado que eran Silvestres. Tuvo la ocurrencia de intentar alejarse lo suficiente como para hablar con ellos.

Un ratito después, Antonio hizo ademanes de que ya estaba preparado para volver a la bandada y descansar la noche. Hugo le dijo a Antonio que entraría después. Quería «tiempo extra para practicar el escarbo».

Así pues, Hugo siguió las huellas de los pavos por si podía localizarlos otra vez. No tardó mucho en dar alcance a lo que podría definirse como una notable pavada de Silvestres. Los observó durante un buen rato sin revelar su presencia. Parecían una camarilla de pavos bastante felices. La mayoría de ellos buscaban comida con afán entre los brezos cercanos. Como no podía ser de otro modo, el líder de la bandada era un pavo muy gordo arrastrando la barba por el suelo. Cuando hablaba, su profundo y sonoro gorgoteo llevaba la voz cantante y se imponía sobre los demás pavos. Hugo sabía que no estaban de acuerdo con los Belloteros sobre el tema de la comida. A lo mejor tampoco estaban de acuerdo con el asunto del vuelo. Tenía que averiguarlo.

No estaba muy seguro de cómo mostrarse a los Silvestres. La verdad es que no quería asustarles ni confundirles. Así pues, optó por hacer crujir hojas para que los pavos pudieran oírle y encontrarle. Mientras lo hacía, vigilaba según se iban acercando y fingió un sobresalto cuando se habían acercado lo bastante como para distinguirlo.

—Oh... ¡qué tal! —balbuceó Hugo a propósito—. Me he perdido mientras buscaba comida. ¿Podríais ayudarme? —Se sentía muy ridículo, pero no se le ocurrió otra forma de empezar la conversación.

El inmenso pavo se acercó a Hugo dando grandes zancadas. Tenía un aspecto imponente, incluso más que Claudio, y radiaba autoridad a través de su cola extendida en abanico, su barba patriarcal y su mirada circunspecta.

—Saludos, perdido y hallado. Me llamo Narciso. ¿Tú cómo te llamas? —La voz daba la sensación de ser bastante acogedora.

—Soy Hugo. —No dijo nada más porque era obvio que Narciso había tomado el control de la situación con su augusta presencia.

—Andas y hablas como un pavo pero no tienes el aspecto de un pavo nativo. ¿Provienes de una pavada ajena? —Aunque Narciso hablaba mediante frases cortas y directas, su voz reflejaba compasión. Hugo se sintió más cómodo de lo que en un principio auguraban sus pronósticos.

—Mi hermana y yo fuimos adoptados y educados por la pavada de los Belloteros. Nos han cuidado y nos han enseñado los caminos de los pavos. —Hugo sintió por dentro una repentina e inesperada ola de orgullo.

Algunos de los pavos que estaban alrededor se movieron con cierto nerviosismo. Entonces un pavo de aspecto bastante enjuto en comparación con la gran mayoría se precipitó hacia delante con algunos frutos silvestres y se los ofreció a Hugo.

—Amigo, no es lo que estás acostumbrado a comer, aunque se han recogido del suelo. Creo que aceptáis este tipo de comida, ¿no es cierto?

A Hugo le conmovió este gesto tan amable.

—Sí, muchas gracias.

Narciso volvió a hablar.

—¿Te gustaría que te ayudemos a encontrar otra vez a tus amigos, Hugo?

—¿Haríais tal cosa?

—Si es lo que quieres, claro que sí, camarada —se apresuró a apuntar Narciso.

—¿Podría antes haceros una pregunta? —comentó Hugo con la boca llena de bayas, que a decir verdad estaba disfrutando considerablemente.

—Sí, por favor. —Egan empezaba a acariciar la posibilidad de tener un nuevo converso entre manos.

Hugo, impaciente por obtener respuestas a sus preguntas, no perdió el tiempo andándose por las ramas.

—¿Por qué pensáis que los Belloteros no son auténticos pavos?

Narciso sabía cómo funcionaban las cosas con los pavos. Sabía que esta pregunta tarde o temprano tenía que salir a la luz por el cariz que ya había tomado la conversación.

—Amigo, nosotros *no* afirmamos que *no* haya verdaderos pavos entre los Belloteros. Nos limitamos a sostener que es un suicidio que persistan en la actitud de alimentarse exclusivamente de la triste bellota

rastrera. El fruto de la mata está a años luz—.
Narciso miró fijamente a los ojos de Hugo.

—¿No estás de acuerdo?

Hugo ya se estaba zampando la última
de las bayas que le habían ofrecido. Después
de pasarse meses sin comer otra cosa que bellotas, las bayas parecían alimento caído del
cielo. ¡Qué novedad tan maravillosa!

—Sí, estas bayas saben a gloria —asintió Hugo—. ¿Os puedo hacer otra pregunta?

Narciso aprobó la moción bajando y
subiendo la cabeza.

—¿Voláis alguna vez? —preguntó
Hugo esperanzado.

Narciso le miró con un gesto de extra-
ñeza.

—¿Qué si volamos? —dijo repitiendo
la pregunta de Hugo—. Por supuesto, claro
que sí.

El corazón a Hugo se le salía del pecho. Acababa de conocer a los Silvestres y se sentía como si ya hubiera hallado su nuevo hogar. Los pensamientos se le agolpaban en la cabeza. A lo mejor podía unirse a ellos sin la obligación de creer que los Belloteros no eran pavos. No tenía que renunciar a la seguridad que le brindaban los pavos y a la que se había acostumbrado.

¡Y estos pavos volaban!

Estuvo hablando largo y tendido con Narciso sobre la posibilidad de hacerse un Silvestre. Si lo aprobaban, quería unirse a ellos de inmediato. Narciso dejó bien claro que él no quería robarle a los Belloteros ningún miembro de su pavada y que solo lo *aceptaba* por el gran deseo que tenía Hugo de unirse al grupo.

Hugo aún no había descubierto la verdad más elemental: las águilas no se sienten a gusto viviendo entre pavos. Da igual cuánto tiempo se pasen viviendo entre los pavos, nunca se sentirán a gusto con ellos. Si un águila no se reconoce a sí msima, es posible que se pase una larga temporada mudándose de una pavada a otra antes de llegar a la conclusión de que todos los pavos son iguales aunque afirmen ser muy diferentes. No obstante, estos largos periodos de convivencia con los pavos permitirán que, poco a poco, el águila se dé cuenta de que pertenece a una especie de ave completamente distinta.

9

Hugo había perdido su hogar en dos ocasiones. Esta vez ni siquiera contaba con el consuelo de su hermana. Lo abandonó todo para encontrar aquello que daba voces en su interior. Algo por dentro de él necesitaba volar. Se le hizo muy duro esperar al amanecer. No pudo conciliar el sueño en toda la noche.

El sol aún no se había alzado sobre las colinas distantes y los otros pavos aún no se habían despertado. Hugo se sentía como nuevo. Formaba parte de una bandada que sabía lo que era vivir. En su grupo disfrutaban los unos de los otros. ¡Comían otra cosa además de bellotas! ¡Y podían volar! Se sintió como si hubiera sido creado para volar.

Apenas podía esperar para surcar los cielos tras la estela de su bandada.

Pasado un rato, los otros empezaron a desperezarse y, no mucho después, la pavada estaba organizando la búsqueda matinal de sustento. La emoción le embargaba por momentos.

Narciso empezó a guiar a su grupo de pavos, incluido Hugo, a través del bosque. Hugo esperó con paciencia; estaba seguro que Narciso enseguida los guiaría por el cielo. Se movieron por el bosque hasta casi media mañana. Los pavos se animaron con el transcurso de las horas. Empezaron a hablar de esto y aquello y bien pronto se estaban riendo a carcajadas. Una de las diferencias más notables entre este grupo y los Belloteros consistía en que ninguno de estos pavos miraba al suelo cuando buscaba alimento. Eso le inspiraba a Hugo mucha confianza: ¡adiós bellotas!

Hugo se dio cuenta de que lo que había empezado como un paseo por el bosque se había convertido en una búsqueda rutinaria de alimento. Estaba claro que esa mañana no volarían. Se pondrían a buscar comida como los Belloteros buscaban bellotas: mientras paseaban por el bosque. Aunque fue una desilusión para Hugo, no cabía duda de que solo se trataba de un retraso temporal. «Seguro que volaremos después del desayuno», recapacitaba Hugo.

Lo cierto es que esa mañana encontraron bayas y todos los pavos se dieron un espléndido festín. Hugo disfrutó su desayuno de bayas frescas más que ningún otro almuerzo del que pudiera hacer memoria. Descansaron después de su largo recorrido por el bosque.

Habían reposado ya un buen rato cuando Narciso y un pavo más joven se aproximaron adonde Hugo se sentaba. Narciso dijo,

—Hugo, mi nuevo amigo, permíteme que te presente a Waldo. Es un amigo mío de confianza y va a pasar algún tiempo contigo durante los próximos meses para ayudarte en tu transición a la vida de los pavos Silvestres.

Hugo escuchaba impávido.

—Waldo será capaz de contestar a cualquier pregunta que tengas y te enseñará la buena etiqueta de los pavos, que te será de provecho ahora y en etapas más tardías de tu vida. —Egan dio unas palmaditas en la cabeza de Hugo con la punta de su ala—. Estás en buenas manos, Hugo.

Narciso dejó a Waldo y a Hugo en pie uno al lado del otro. Hugo seguía callado.

Waldo rompió el silencio:

—¿Y si empezamos con algunas lecciones de escarbeo... ?

—Espera un momento —contestó Hugo—. Vuelvo enseguida. —Se dio media vuelta como una exhalación y corrió tras Narciso.

Cuando alcanzó a Narciso, formuló su pregunta en un tono impaciente y casi exigente.

—Egan, por favor, dime... ¿cuándo volamos?

La cara de Narciso tomó el mismo cariz que Hugo había visto la tarde anterior cuando le preguntó acerca de volar.

—Hugo —dijo despacio y metódicamente—, uno solo vuela para escapar del peligro.

Y luego añadió con sarcasmo:

—¿Es que acaso te encuentras en una situación de peligro? —Algunos de los pavos que se encontraban cerca se rieron hacia sus adentros.

Hugo no se enzarzó en argumentos. Ahora sabía que sería en vano. Fue en este instante cuando se dio cuenta de que los Silvestres no eran muy diferentes de los Belloteros. Todos eran pavos, y sencillamente él no hacía migas con los pavos. Estaba tan furioso que dio un brinco hacia los cielos de pura rabia. De forma instintiva, sus alas trabaron y presionaron el viento hacia abajo para alzar su cuerpo durante un breve instante por encima de los árboles. Por primera vez vio las copas. A gran distancia alcanzó a divisar un gran claro en el bosque donde un día había visto águilas volar en lo alto del cielo. En otra dirección, vio una enorme cadena montañosa que se elevaba por encima de las nubes. ¡Menuda vista!

Aunque es verdad que Hugo estaba volando por primera vez, había sucedido tan deprisa que aún no se había dado cuenta de lo que estaba pasando. Cuando por fin se dio cuenta de que estaba volando, se asustó y enseguida bajó. Como todavía no sabía posarse como acostumbran los cánones, aquello fue más una caída que un aterrizaje. Afortunadamente, lo único que se hizo daño fue su orgullo.

Había otra cosa dentro de Hugo que se había dañado, aunque no como resultado de su accidentado aterrizaje. Era su confianza en los demás. Estando en pie en un pequeño claro del bosque, sintió que su corazón se hacía trizas. Ira y pasión se arremolinaban en su interior. Después chilló en un arrebato de ira:

—¡No volveré a confiar en un pájaro en lo que me reste de vida! —su agudo chillido se pudo oír un buen trecho a través del bosque.

Cerca de un pequeño pino, desplomó la cabeza entre sus alas extendidas. Pensó que había sido un mal pavo y no tenía excusas. No se había esforzado lo suficiente. Sin lugar a dudas, la causa de todas estas luchas y penurias era su propia incompetencia. Los pensamientos de Hugo eran fogonazos disparados en todas direcciones. «Soy un fracaso», se decía a sí mismo. «La razón por la que estoy solo es porque soy un bicho raro. Nadie quiere juntarse con un bicho raro como yo».

Hugo se quedó allí sentado, deleitándose en su propia autocompasión y humillación durante buena parte de la tarde. Se preguntaba si merecía la pena siquiera moverse.

¿Había alguna razón para seguir adelante? Estaba claro que era un inútil total. Ni siquiera los buitres lo querían. Su Papá y su Mamá lo habían abandonado poco después de nacer.

Hugo permaneció sentado al lado del pinito durante dos noches y dos días. A la mañana del tercer día se levantó recordando algo que Bramante, el viejo y sabio búho, le había dicho: «Amigo mío, te han enseñado a tener miedo y a vivir escondiéndote. ¿De verdad quieres vivir una vida tan miserable?»

—No —murmuraba Hugo—. ¡No, no, no! —se repetía con creciente intensidad. Algo le decía que tenía que encontrar a Bramante. Si alguien podía ayudarle, ese parecía ser Bramante.

Mientras Hugo se arrastraba por el bosque, empezó a pensar en su hermana. La echaba de menos y se preguntaba cómo le irían las cosas. Deseaba que estuviera con él.

Hugo no tenía ni idea de por dónde empezar a buscar a Bramante. No podía acordarse de dónde había visto por primera vez a Bramante ni sabía si Bramante estaría allí en el caso de que llegara a encontrar el lugar. Pero estaba seguro que lo encontraría si mantenía la vista puesta en los árboles y el cielo.

En la búsqueda que realizó durante los días que siguieron, empezó a notar que había muchas otras criaturas en el bosque. Algunos tenían las alas como los pavos y los buitres; otros andaban a cuatro patas; los había que tenían la cola peluda; otros eran mayores que él. Muchos eran más pequeños; algunos vivían en el suelo; a otros parecía que les gustaba los árboles. Estaba asombrado de haber estado en el bosque durante meses y no haberse dado cuenta de todas las criaturas que lo compartían con él.

Había un elemento común que a él se le hacía cada vez más evidente. Solo aquellos que tuvieran alas podían salir de los límites que les marcaba el bosque. Quizás todas aquellas criaturas pertenecían al bosque. ¡Pero un animal con alas tenía que volar y esto no tenía vuelta de hoja! A Hugo el corazón se le volvió a subir de revoluciones. Preguntó a todo pulmón:

—Entonces... ¿por qué un pavo prefiere el bosque al cielo?

Una voz por encima de él contestó:

—¡Porque es un pavo!

Hugo miró hacia arriba. Bramante estaba enganchado a una rama de roble muy por encima de él.

Hugo dejó escapar un suspiro de alivio.

—Bramante, te he estado buscando.

—Y yo a ti —respondió Bramante—. He oído que has dejado a los pavos. Estupenda decisión.

—Sí, he dejado a los pavos, pero ahora no sé qué hacer.

—No sabes qué hacer porque no sabes quién eres —replicó Bramante.

—¿Qué quieres decir? —preguntó Hugo un tanto confuso con la respuesta de Bramante.

Bramante miró detenidamente a Hugo. La última vez que lo vio, no resultaba tan digno de lástima como ahora.

—Tienes que comer, Hugo. Busca alimento y come. Luego vuelve y hablaremos.

—Hoy he tomado algunas bayas —dijo Hugo.

—¿Bayas? ¿Por qué has estado tomando bayas? —preguntó Bramante en plan inquisitivo.

—Están mucho más buenas que las bellotas —dijo Hugo con una sonrisa de vergüenza.

Bramante a duras penas podía creerse que Hugo había subsistido a base de bellotas y bayas.

—¿Te acuerdas de lo que Papá te daba de comer cuando eras un pájaro muy joven?

—preguntó Bramante con la esperanza de hacer ver algo importante a Hugo.

Hugo estuvo pensando un rato.

—Todo lo que puedo recordar es que era carne —dijo sin entender todavía el significado que aquello podía encerrar.

—Sí, eso es —dijo Bramante—. Deberías cazar y comer carne, Hugo.

—Pero nunca he visto a un pavo comer carne —replicó Hugo.

—Y nunca lo verás. ¿Es que no has entendido que no eres un pavo?

Hugo inclinó la cabeza.

—Así que sabes lo que soy... ¿no?

Se sintió avergonzado y aturdido.

—Sí, lo sé —contestó Bramante.

—¿Y aún hablarás conmigo e incluso seguirás siendo mi amigo? —Hugo no podía entender por qué alguien querría ser amigo de un buitre.

—Bueno, naturalmente. ¡Eres *la más honrada* de todas las criaturas! —dijo Bramante enfáticamente—. Eres de envidiar.

Hugo estaba desconcertado y confuso por las palabras de Bramante.

—¿Pero qué estás diciendo, viejo búho chiflado? Sabes que soy un buitre. ¿Por qué te ha dado por tomarme el pelo? —Los ojos se le llenaron de lágrimas y empezó a llorar. El corazón se le rasgaba ante la idea de perder la confianza de Bramante, su último amigo.

—No, no, Hugo. No lo entiendes. No eres un buitre. No eres un pavo. —Bramante insistía en ello.

—Entonces ¿qué soy?— preguntó Hugo, con un tono lastimero y lleno de esperanza.

El viejo y sabio búho se enderezó para alcanzar su mayor envergadura. De alguna manera, Hugo sabía que estaba a punto de oír algo profundo, quizás incluso fascinante.

10

—Hugo, ¡eres un *águila*! —dijo el sabio y viejo búho—. Un águila, amigo mío. Eres descendiente del ave más excelente y exquisita que existe. Perteneces al cielo de ahí arriba, al lugar que sobrevuela por encima de las cabezas de las demás criaturas. Ve, Señor Águila, y planea. Planea por encima de todos nosotros.

Un escalofrío de gloria y revelación recorrió de arriba a abajo las potentes alas de Hugo. Por instinto, *sabía* quien era. ¡Todo cuanto había necesitado era que alguien se lo dijera! En ese momento, hizo memoria de las muchas veces que había soñado con volar bien alto en el cielo, *por encima* de los pavos, *por encima* de los buitres, en compañía de especies majestuosas.

—Mírate. No eres un pavo, no te pareces a los buitres ni actúas ni hueles como ellos. Tienes el noble corazón de un águila. Los pavos son los que te han dicho que eras un buitre y te habías convertido en un «maravilloso» pavo. ¡Tampoco eres un buitre! No necesitas ya vivir en el bosque. ¡Márchate, Hugo! ¡Perteneces al cielo!

Cierto es que a un águila no le lleva mucho aprender a volar una vez que ha sido liberada. ¡Y en aquel instante, a la cárcel de nuestro querido amigo Hugo se le habían fundido todos los barrotes!

Hugo abrió sus poderosas alas al máximo y con un barrido tremendo partió hacia los cielos. No tuvo miedo de levantar la cabeza ni de soltar un chillido espeluznante de fuerza, gozo y libertad. Fue un grito de triunfo distinto a todo lo que se hubiera escuchado en esta tierra hasta ese día.

Hugo voló en círculos por encima del bosque para echar una última ojeada a ese paraje tan poco natural que durante tanto tiempo le había retenido. Después de mirar por última vez, levantó la cabeza y vio en la lejanía, muy por encima de él, algo precioso y magnífico. Cada fibra de su ser clamaba «¡allí está mi hogar!». Profiriendo una vez más aquel escalofriante grito de libertad, irguió la cabeza, arqueó las alas, trabó el viento…

¡y remontó hacia las cumbres!